U0010870

原來我不孤單

圖文 萬歲少女

來自歌手范瑋琪的推薦

純真‧乾淨‧還有無限嚮往⋯⋯

萬歲少女真得很萬歲耶～～
Viva Viva ya～～
她真的是一位很陽光又充滿能量的生活家！
可以把少女情懷的夢幻時代，發揮得如此淋漓盡致，
我真是太佩服她了！！！

我雖然愛唱歌，但是我也很愛隨時塗鴉，
從此就把唱歌跟塗鴉畫畫，變成我可以唱到與畫到80歲的目標吧～～
因為這樣我的生活，就能夢幻又可愛到那把年紀了，
該有多好啊～～

一個女生能擁有多少的夢呢？？
在這一本書裡面，
你可以保有純真，乾淨又充滿你想追求的嚮往⋯⋯

范范2010年9月

Viva 前言：　　Hi!

嗨~大家好！我是萬歲少女，
在台北一個人打拼的日子今年已經是第十一個年頭了，
很多人都問我一個人的生活難道不會感到孤單害怕嗎？
也常有朋友打電話來關心：走！我們出去玩，不要再當宅女了啦！
是誰告訴你老待在家就是宅女來著，我這叫做"SOHO"方矢。

儘管我的工作忙碌，但我時常提醒自己要照顧好自己的心，
所以總是試著用自在的態度去生活，用旅行的心境去行走，
用感恩的心去懷念。我將這些小事畫出來與你分享，
關於我一個人生活的、童年懷舊的、男生女生的、還有關於旅行想的事。
如此多彩多姿的生活片刻時常圍繞著我，
每天我都愉快地享受這樣的生活，並珍惜當下的每一刻。
所以，我想告訴你：一個人的生活，原來我一點也不孤單！

謹以此書獻給我親愛的家人以及朋友。

希望你們
會喜歡這本
《原來我不孤單》

040-041 **Chapter 002**

關於 童年 想的事

100-101 *Chapter 004*
 旅行想的事

Chapter 001
關於一個人住想的事

好像還來不及仔細思考，在台北的生活就已過了十一個年頭了，
回想起初來台北時借住在親戚家那時好傻好天真的模樣，
住了一年之後我決定搬家，開始一個人住的生活。

七年的租屋生涯，分別住過兩間房子，算算七年來的房租竟也繳了
將近一百萬，有天房東突然要把房子賣掉，因此我下定決心做自己的
主人，找一間屬於我自己的房子。

在台北擁有一間自己的家，戶籍也從高雄遷至台北，
這意味著我已變成台北人了嗎？心裡感到五味雜陳。

一個人的生活我自在地和自己相處，在這小宇宙裡，
我工作，我生活，我快樂著，我孤獨著。

我還是一個人住，並且喜歡我這樣的生活。

獨立這一步

遠離台北市的繁華，在這二十一樓的山林中建立了我的美好世界，
一個人獨霸二十一坪的空間，二十四小時將它填得滿滿的，
房間裡滿是迷迭香的氣味跟慵懶搖滾樂，
我在裡面，這裡從來就沒有孤獨。

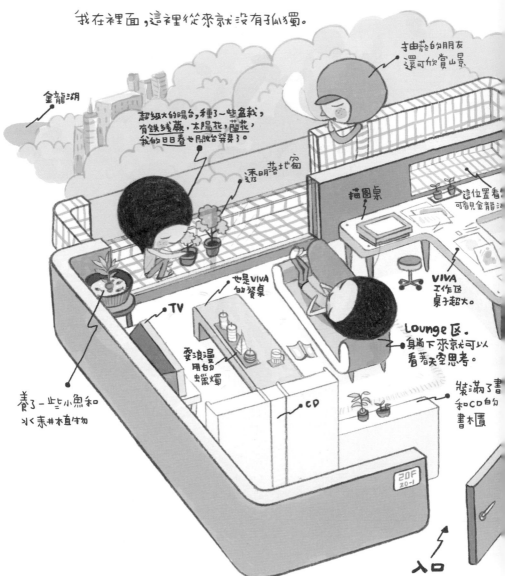

獨處是一种幸福，是女性自主的第一步。

午後，太陽照了進來，把被子都烘得暖暖的。

這間View很好的小窩，是我2004~2007年住的。好小裏念呢！

晚上睡覺聽得到蟋蟀叫。

VIVA 衣櫃

泡一種海藻味很重的浴盐。

藍天白雲浴簾

洗月臉台　馬桶

爾來須好料的。

VIVA*HOME

我仍然可以跟這世界保持關係，用电视、手机、非永不可保持联繫，快遞今天将稿子收去，明天報紙上便刊登着我的作品。有的人説我搞孤僻，可是星期六晚上我也会去看电影吃東西，感情生活和朋友交際更是幸福洋溢。

這是Viva目前居住的房子，小小的十多坪空間卻還算自在舒適，戶外的小庭院是我第一眼就喜歡上這房子的原因。

Viva House

廚房　★

臥室·浴室

客廳·工作室

我愛我的廚房，
雖然它有些潮溼跟凌亂，

但卻是家裡
最能創造美味的空間。

我愛煮東西，
空閒時我會煮一大金鍋的什麼，
然後吃它好幾頓都不出門。

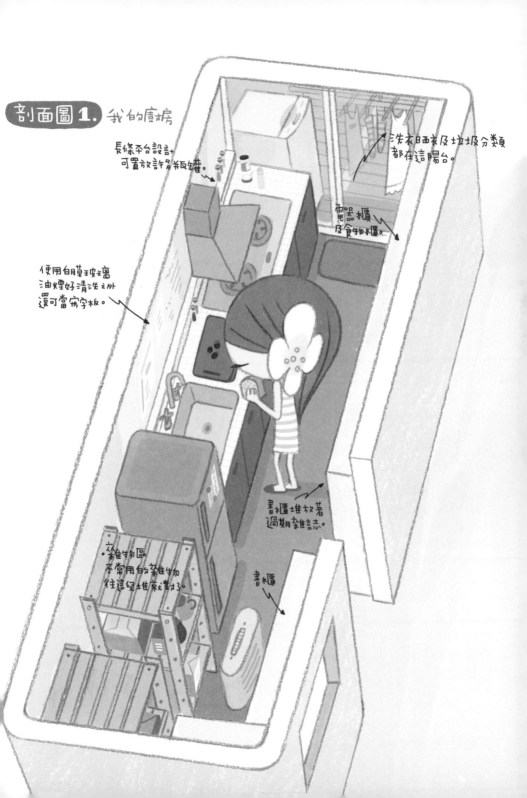

Viva House
剖面圖 2.

廚房 ・ 臥室・浴室 ★ ・ 客廳・工作室

每天辛苦工作的終點，就是回到
溫暖的床上，讀一本
艱深難懂的書來幫助入睡，

房子靠山的關係，院子不時聽
見蟋蟀聲，
我習慣在浴室點上一盞
微弱的燈光，
隔著霧膜玻璃透出一絲光線，
微暗的臥室裡就有了溫暖，
直到天明。

清晨院子外傳來鳥叫声，
天亮了，

屋子被陽光照亮，
又一個精神滿滿
的自己，出發。

為了通風，
開了一個大窗。

Viva House
剖面圖3.

書房　　　　臥室·浴室　　　　客廳·工作室

搬到這間小屋轉眼已過了三個年頭,

而我似乎也徹徹底底變成了一個宅女。

工作累了就望向窗外欣賞風景,

心煩了,
就去庭院把枝葉修整乾淨,

不想工作的時候賴在沙發上。

空閒時,
翻開一本書進入作者的異想世界,

奢侈地,連看三部好電影,

泡茶·喝茶·泡茶·喝茶。

工作的時候不要忘了放鬆,
　　　　放鬆後別忘了要工作。

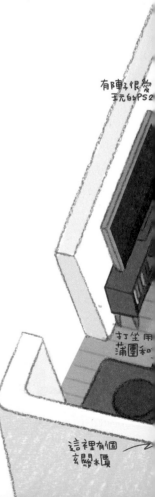

有陣子很愛
玩的PS2

打坐用的
蒲團和

這裡有個
玄關本櫃

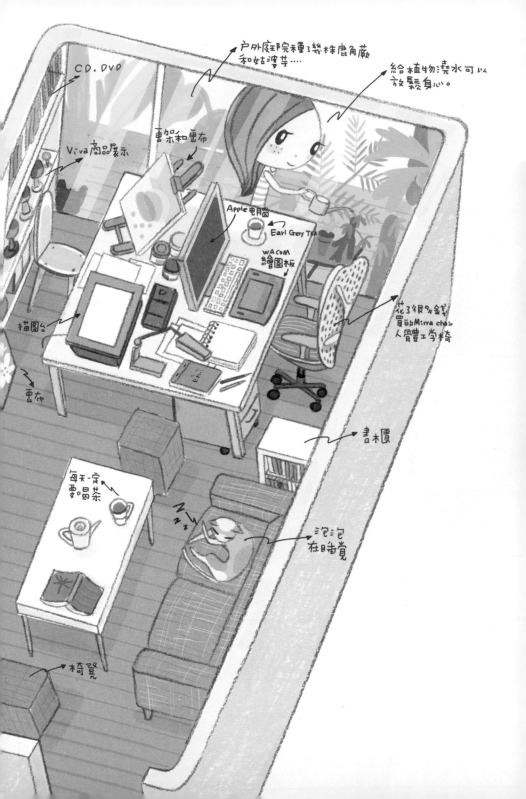

萬歲牌幸福早餐 上菜囉!!

我喜歡我的早晨時光。
緩慢地料理著所有的食材,
從煎好一顆蛋開始。

我會做好
吃的早餐。

萬歲牌幸福早餐
完成啦!!

如此簡單的快樂,
每天每天重複著。

大幸福ㄚ♥

這麼好吃的早餐,
覺得自己好有才華呀!

請叫我
阿G師!

←想太多

A 主食：用麵包機自製的
全麥堅果雜糧麥麵包。

幸福早餐美味大公開

健康
指數100%

以鮮奶取代
奶精會比較
健康哦。

B 飲品：
鮮奶茶 或 拿鐵
（現磨咖啡加鮮奶）

C 蔬菜：
水煮花椰菜或烤番茄。

上面撒上些
義式香料可
增加風味！

D 荷包蛋-枚

E 素火腿-片(含大豆纖維)

F 乳酪抹醬

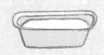

抹在麵包上
很好吃哦。

靜靜享用，慢慢咀嚼，美好的一天開始了。

今早拉開窗簾,
看見昨日晒的衣服,
我笑了。

黑白衣的、條紋的......

回想起少女時期的我總是
愛把所有的顏色都穿在身上。

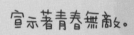

狂放不羈地就像
那些五彩繽紛的顏色
大聲宣囂著。

這就是青春嗎?

隨著年紀增長後漸漸明白，自己期望的生活
其實只像是一件白T恤般的簡單。

也許老派了些，
但這才是真正的自己。

習慣

剪下的腳趾甲
一定要拿來聞一聞…

喜歡偷看對面正要
出門的鄰居。

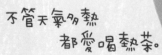

不管天氣多熱
都愛喝熱茶。

很假裝

自己一個人住，
　　　防備心總是要明一些。

也許司機先生並不想知道…

對任何男性都得要提高警覺。

你自己住在附近嗎？

便當店老闆 →

小丼煮 30
蔬菜湯 40
什錦炒飯 60
蝦仁炒

不是⋯⋯我和家人一起住。

↓
說謊

和家人？那你怎麼都吃便當？

小丼煮 30
蔬菜湯 40
什錦炒飯 60

喔⋯他們都⋯很晚回家⋯

↓
圓謊

可惡⋯被拆穿了⋯下次不來這家買了⋯

一個人的假面生活，有時還挺累人的⋯

又是忙到不想接電話，也不愛回覆。

來不及了啦！

總是沒聽到簡訊聲，也不懂得禮貌問候。

用非死不可跟 msn 聯絡真好，都不用講話。

等想起來時已過了好久…

天哪可！什麼時候傳來的!?

還是有些壞習慣改不掉…

天呀!那女的
長這超醜的!

自己也沒好
到哪去。

又忘了提醒自己已經不是少女了……

你削ㄋㄟㄋㄟ頭!
好可愛哦我!

嘻ㄛ
……

30月歲了
還裝什庅
可愛…

邀請三五好友前來
萬歲小窩相聚。

我總是親自下廚準備好料。
採買、洗菜、烹煮、調味、
香氣瀰漫。

老闆～
這怎賣?!

儘管我每次端出的都是那幾招,但朋友們
每每還是發出了讚嘆。

哇!好吃!
你可以嫁人了。

吥我♥
比外面賣的
還好吃♥

這米粒中的香氣
是怎麼做到的!!

藝文界的朋友開口就是不一樣。

沒有高檔食材，
也沒有絕頂的烹飪技巧。

～も……

此時此刻能與你們分享
就是為什麼會如此美味的祕方。

宅

那個誰呀，竟然說我是宅女！

你本來就是呀！

蝦咪！我是嗎?!

一時無法接受這事實....

仔細研究了一下宅女的特徵…我有的還真不少…

·沈迷於書籍·音樂·電影·漫畫。

·可以好多天都待在家不出門。

·收集公仔，愛玩 NDS、PS2 和 wii。

·總是沈浸在自己的世界裡

·悶蛋

·不愛和陌生人打交道。

·依賴電腦與網路。

我是真的瞭解我自己嗎？

原來…我真的…是宅女…

電視上正在討論宅女的某一天…

竟然連老媽都發現了…

孤獨 一個人看三場電影，吃兩份早餐，閱讀一本書。

一個人的付出。

和自己大笑。

一個人的時候很容易快樂，一個人的時候也很容易悲傷。

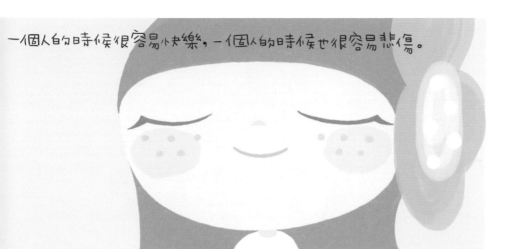

數著呼吸和自己的心對話，這世界孤獨又美好。

自己變得愈來愈小微不足道。

孤獨很大，我很小。

自然捲 青春時期的我非常討厭我的頭髮。

捲曲、毛燥、

爆炸地受不了。

平板燙、離子燙、無重力燙、

被拉扯到痛的煩惱。

回家還被老媽問：「你不是去燙頭髮嗎？為什麼頭髮還是直的？」

他們不懂。

接受了原來的自己那天，頭髮上好像有小鳥在飛。

煩惱都是自己給的，所以快樂我也可以自己找。

Viva 照片小記

這裡就是我每天
一個人工作和
生活的地方。

工作時要喝
熱到發燙的
EARL GREY TEA
伯爵紅茶。

窗外的植物
在我隨性的
照顧下生長得
很茂盛呢。

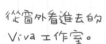

從窗外看進去的
Viva 工作室。

庭院裡還住著
幾隻四腳蜥蜴。

有天早晨被這隻窗外
枯樹上的紅嘴黑鵯吵醒。

有次還跑來了一隻松鼠。

我的貓咪"泡泡"
平時喜歡坐在
窗邊發懶著……

Chapter 002

關於 童年想的事

自助新村
249号

我出生於高雄左營，從小在眷村裡長大。

對我來說「家」的外在形象就該像是眷村那種紅磚矮房和庭院，院子裡有棵大榕樹好乘涼，門口的鐵門每逢過年就要漆成大紅色，牆上爬滿了綠色的爬牆虎。

對於這樣長大的我剛來到台北居住，
起初是很不習慣的，我總是懷念著童年時期的生長環境。

漸漸地眷村都被改建了，童年居住的地方和外婆家正在消失中，
過去那些美好的回憶卻還在我腦海裡，儘管我們再也回不去了，
但至少，我還可以用我有限的記憶將它畫下來。

在台北第十年

兩年前在台北找到這間緊隨山林的房子，有著寬大的庭院，適合一個人安靜呼吸。
從高雄搬來了幾株姑婆芋、一尊觀音座蓮和芭蕉，陸陸續續地，

這才像個房子。

院子裡飛來了紅嘴黑鵯在學貓叫，跑來了凶臉斯蜥蜴和花貓，驚喜地還遇見一隻松鼠來拜訪。

我家是大溪地。

在台北生活今年已是第十個年頭，發現自己之所以總愛隱匿在城市中的鄰近山居，是為了想回到童年時的那個居所。

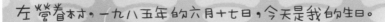

生日與大滷麵

左營眷村，一九八五年的六月十七日，今天是我的生日。

婆(外婆)見我就說：「給婆摸看看尾巴長出來了嗎?!」
今天是丫頭生日，全家都要吃大滷麵。

勾芡的滷汁裡邊有肉片、
蛋花、香菇、黑木耳，

加上麵條和蔥花，它們在碗裡跳恰恰。

今天是我的生日。

媽媽說：「生日一定要吃大滷麵，麵要吃光不可以剩，吃完了才可以長命百歲。」

忘了從哪年生日開始
蛋糕取代了大滷麵。

只有生日才吃
得到的大滷麵。

二〇〇〇年…

生日為什麼
一定要吃
蛋糕呀？

我怎知，
你很奇
怪乀……

怪點子 從小我就有過人的創造力。

時常有些驚人的小怪點子……

至今我的這些豐工偉業三不五時仍會被媽和阿姨
拿出來歌頌一番……

聽說我小時候

我剛出生時，有次媽媽的朋友說我長得很像我小阿姨，那天媽媽哭著回家。

052

還常常打破些有的沒的⋯⋯

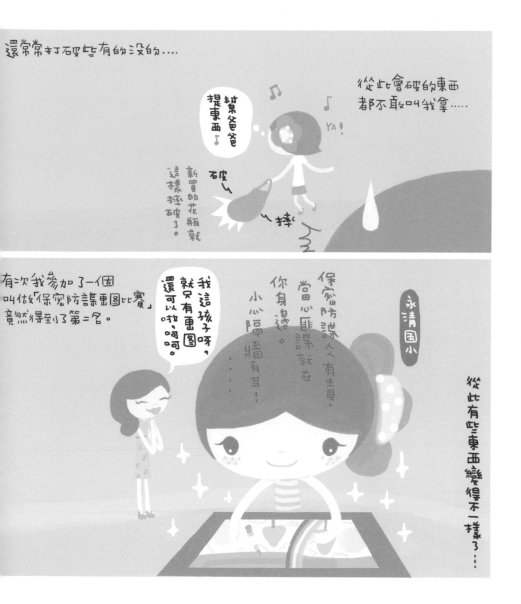

從此會破的東西
都不敢叫我拿⋯⋯

幫爸爸
提東西 ♪

YA！

新買的花瓶就
這樣摔破了。

破〜

↙摔〜

有次我參加了一個
叫做「保密防諜畫圖比賽」
竟然得到了第一名。

我這孩子呀，
就只有畫圖
還可以啦，呵呵。

保密防諜人人有責。
當心匪諜就在
你身邊。
小心隔牆有耳！

永清國小

從此有些東西變得不一樣了⋯

053

下學期，湯小雨突然被轉去啟智班了。哥哥說：「你的好朋友轉班了，你怎麼沒跟她一起去！」哈哈哈哈……

我是個笨蛋嗎？

長大之後，明白自己沒有能力去改變湯小雨的人生，心裡有些無力感……

你也長大了嗎？
你是否還會記得，我曾經是你的好朋友。

哈比

註：作者本名"泓玶"因發音不清楚所以叫成"哈比"

下午 在池塘旁目不轉睛地看，想瞧瞧蝌蚪究竟是怎麼變成青蛙的。

風吹過來，荷葉漂了過去……就這樣看了一個午後。

果棚旁邊有幾棵不知名的植物，
我們愛摘那植物的果子來吃，

甜的滋味加上了冒險的感覺，正是我純真記憶裡的甜美。

一九八二　一個五月天下課之後，我們朝老胡小米的雜貨店進攻去，用一塊錢買四顆彩色糖球，另一塊錢買小包的王子麵。

討厭的是，等等吃王子麵的時候，千萬不要被豬八戒哥哥看到。

煩惱的是，魂斗羅到底要怎樣破關？
還有，那個詢抽晶晶竟然要跟我切八段，真的是太過份了。

值日生…

2×1=？

$3 \times 1 = 3$
$3 \times 2 = 6$
$3 \times = 9$
$3 \times 5 = 15$

23456789

：？

我媽說我嬰兒時學會講的第一句話就是…

哥打!

會講話了…

童年時對我哥的印象是這樣的……

那是什麼?

你看袋子裡面!

是我收集的屁啦!

好臭!

哈哈哈

你幹嘛笑啦!

嘻嘻……

你飯裡有我的鼻屎!!

哈哈哈哈

小時候的我就明白....有些事情是自己無法選擇的。

咻

媽～
我長大要嫁
給劉文正♥

總是期待著快長大，可以選擇整個世界。

一個妄想 小時候我很羨慕別人有姐姐…

真實生活中，我當然不可能會有姐姐了…而是…

小時候的妄想和自尋煩惱，後來才漸漸明白，
那是一種純粹的幸福…

外婆

我的婆今年八十好幾，
是個虔誠的天主教徒，
每次回左營我都會去看看婆，
和婆說說話。

哦…
小珏兒
來啦！

婆翻著農民曆問我：小珏妳是屬什麼的呀？

哦…屬龍滴…
今年…9.21.33…
今年21歲啦！

21♡
!!

婆～不是21那個啦！
是33啦…

呵…呵…

驚!!

什麼！都33歲啦！
那還擱在這幹嘛！

嫌棄→

婆!!

怎麼還沒
嫁出去!!

擱在這兒
有什麼不好啦!

←帶賽肖

泣

老爸 我的父親是一位職業軍人，小時候我們全家出門都會有吉普車接送。

阿兵哥們對父親敬禮，
我的爸爸真偉大！小時候的我這樣想著。

父親退休後在家裡種花種菜倒垃圾，
老媽說：現在連洗碗都是你爸的工作。

老爸開車總是開省路，
他說：「我以前要去哪，下個命令就會到了。」

後來我們索性就不大讓老爸開車。

最愛來肉麻
這套的老爸。

最不善描好篇
的女兒…

大年初一 小懷念起小時候每逢過年的快樂時光……

恭喜發財!

紅包 Oh Ya!

如今長大之後,不但紅包没了,還得面對某種壓力……

大年初一
高雄老家

希望明年初一不要再看到你在家啦!

快嫁出去吧!

哥嫂

沉醉中

哎

對ㄟ……如果我嫁了,
那就要大年初二才能
回娘家…只有初二才
會看到老爸老媽了…

大年初二一早…

媽!

哦…

如果我嫁人的話,就只有年初二会回來看你們ㄟ!!

終於找到好理由.

不捨

家族遺傳

記得小時候，每次去動物園，
老爸總會表演一段與動物們的對話。

你們看！
我叫牠也都
聽得懂！

oh oh

哇！
好厲害！

Taipei Zoo

二十幾年後的今天……

你們看！
我叫牠們
都會應的！

oh oh oh

哇！
來了！

而老媽則是永遠分不清楚熊貓與無尾熊的差別……

這熊貓我們
以前去澳洲
就看過了吧！

媽～

澳洲那是
無尾熊啦！

差很多
へ……

媽～你看！
這才是
無尾熊啦！

哦～我看……
跟熊貓長得
也差不多嘛…

我石確定我的兩光個性及健忘是
源自於家族遺傳……

老媽的選擇

媽媽年輕的時候是左營自助新村村的眷村之花。

追求者眾多，其中不乏有錢人家、軍官司令、醫生……

在朋友的介紹下媽媽和爸爸相戀不久便步入結婚禮堂。

當時的爸爸只是個窮小子軍官。

結婚將近四十年了，如今他們的感情依然很好。是親友口中的神仙眷侶。

我敬你
親愛的♥
親個
呵呵……
又在上演兩個的肉麻劇了！！

我曾問過老媽，當初為什麼會選擇老爸呢？

因為……你爸爸帥呀！！
呵呵
呵呵
：：：

相處是一種藝術，
包容需要智慧，
我相信他們一定不只是肉麻而已

I Love my Family. 家人永遠是心靈美好的避風港。

媽，哥哥和我，
在眷媽新村的家，
現在已經改建了。

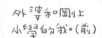

外婆和剛上
小學的我。(前)

幼稚園的我
正在賣力表演
啦啦隊。

即將改建的外婆家，裡面已經沒有住人了。

我在外婆家的院子裡騎ㄅㄅ啃甘蔗，看起來呆呆的，哈哈～

老爸老媽和我，於家中庭院（自強新村）

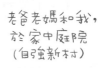

Chapter 003

關於 男生女生想的事

我喜歡觀察身邊的朋友，觀察每個人獨特的個性以及說話的表情，
還有每一個人的價值觀和人生態度。

我很喜歡聽別人說話，可能因為我不是一個善於言詞的人，
所以對於這些有趣朋友的事，我樂於將他們畫下來，
有些內容可能有點誇張，有些對話也經過了修改，
但我想呈現的其實只是一個日常生活裡的現象，
用一種比較有趣的形容方式，
來告訴你關於朋友的、自己的、男生女生的、有的沒有的事。

維持美麗 關於美麗熟女們維持美麗的方法。

千萬不能側睡!
我早上起來
法令紋好深!
真是可怕…

A女.
34歲.

天哪!
….!

平常最愛
側睡的

我每天都跑步,
運動真的好重要。

哇!
好厲害!

靠毅力成功
減重的L姐→

有次我問看起來天生膚質的C姐保養秘方….

其實…我根本
沒在保養!
我都用清水
洗臉,除非
很髒才用
洗面乳ㄟ..

怎麼可
能!

38歲.已婚.
育有一女.
從不化妝,也
不用保養品。

至於我…仍然搞不清楚,也不想花大錢!

ㄟ…
要先擦
那一個?

特價品
朋友給的

贈品

從女友那A來的

試式用包

女人呀~身心健康就是最有效的美麗秘方!

哎~像我們這年紀呀
都只能和第二輪的
男人交往了…

へ…
是呀我…

P.S. 第二輪:指離
過婚的。

A女·34歲
走性感品路線。

像我這樣如果是
男人…哇!異性緣一定
不得了!哈哈…

沒錯!
哈哈哈!

業界
女強人。
有內涵 不懂
生活有品味。

有次我和L女說她眼光太高了…結果…

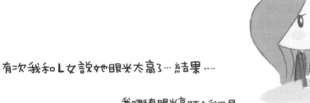

我哪有眼光高呀!我只是
希望對方可以跟我一起坐著
讀唐詩,跟我談藝術的電影,
喜歡音樂,最好還對
哲學有興趣,而且
讓我覺得聊得來
又有趣的人呀!還有
‥‥‥
‥‥

歷經了一段婚姻困的R女,最近終於走出來了…

哎~男人有錢有
什麼用!最重要的是
要有心呀!
我現在的生活
簡單多了。

拍手

哇!恭喜你!
你成長了!

壞女孩の幸福論

★第1回『壞女孩的簡單幸福』

什麼是幸福呢?

有人認為幸福是找到人生中的理想伴侶。

有人認為幸福就是擁有了全世界的財富。

money

也有人說:「幸福就是不斷付出不求回報。」

有人則認為幸福有時只是吃到一塊巧克力的瞬間感動。

沒聽過喬琪姑娘

儘管我已是30好幾的熟女了,可平常的我仍是很容易貼近年輕人的心的!

我們來玩"應援團"對打吧!

好耶!來吧!

← NDS連手樂器

↖ 19歲

我同學都說你看起來頂多26歲!

22歲 →

呵呵…沒有啦。

愈裝少女的羞澀表情…

我有兩個哥哥。

哇♥那你好像喬琪姑娘哦♥

真以為還是青春玉女…

1990年出生 →

誰是…喬琪姑娘呀?

呀呵!!

法令紋

糟糕糕!不小心又露出老人味了……

老 ↑

註:喬琪姑娘為1985年台視播出的女孩兒們必看卡通。

078

不想結婚 女人現階段還不想結婚的理由。

結婚後的生活品質會比現在差的話，那為什麼要結婚？

說的也是!!

因為...現在的男人都太不優了！呵呵...

哈！

熱血文青30歲。

目前的他沒有我想要的東西。

那你要的是什麼？

科技新貴女強人35歲。

只要他...本質要純真...

哇..

熟女要的東西其實很單純，但卻不容易...

壞女孩の幸福論

★第2回『我要的幸福』

寂寞的兔子愛上一個壞女孩⋯⋯

我⋯⋯我喜欢⋯喜欢你。

⋯⋯

送你玫瑰花代表我的愛。

我不需要。

我可以給你一切，我可以讓你幸福哦♥

我現在根本不需要那些⋯

一起

兩個人間散地走路，

喝同一杯卡布。

膚淺地為了同一件小事而煩惱。

對等的付出，
毫無保留。

然後，在心裡面看見。

我是你，你也是我。
因為兩個人世界變大了，因為幸示畐所以我們笑了。

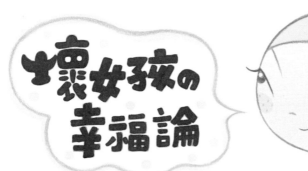

★第3回『壞女孩的情人節』

非關胸部大小

忘了這世界從何時開始如此注重女人胸部大小...

做男人無法
一手掌握的女人。

夕一ㄣ
人生才美好。

胸部大
才有未來!

A cup
能看嗎?

是這樣
嗎?

錯誤的
價值觀...

減肥豐胸的產品充斥著生活,
人人都想當完美女人。

集中托高

當美女
真累...

我還像原來的我嗎?

胸部變大了就會比較快樂了嗎?

一個月之後....

你看我這胸部,
做得不錯吧♥

好厲害...

哇!

嗚~他...
跟我分手了~

乖~
你不要再
哭了啦...

人生的快樂不快樂,
似乎非關胸部大小。

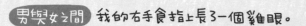 **男與女之間** 我的右手食指上長了一個雞眼。

註：
雞眼是一天重因皮膚
長期摩擦而生成的厚繭。

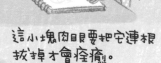

塗藥後露出了紅褐色的圓點上，
形狀就像雞的眼睛。

這小塊肉眼要把它連根
拔掉才會痊癒。

真的好
像雞眼！

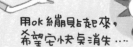

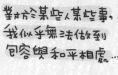

只不過是一個小傷口，
發炎的時候竟也會
痛到煩惱。

用ok繃貼起來，
希望它快臾消失…

皮膚長期摩擦成了雞眼；
人與人之間的長久摩擦
變成了煩惱…

對於某些人某些事，
我似乎無法做到
包容與和平相處…

★第4回『寂寞兔子的幸福感』

記得我們剛認識的
時候，你的笑
是那麼可愛。
而我，
是如此愛你。
那時的我們好幸福…

無法理解 **1.** 有時真無法理解，一支手機為何要上萬元？

冷靜想想，我是真的需要買一支很貴但可以
帶著走的電話嗎？

想要抵抗這股洪流，
看來我的定力還不夠……

反正複雜的功能也不大適合我,可以接電話就好了吧。

有次我向朋友借了台數位相機⋯

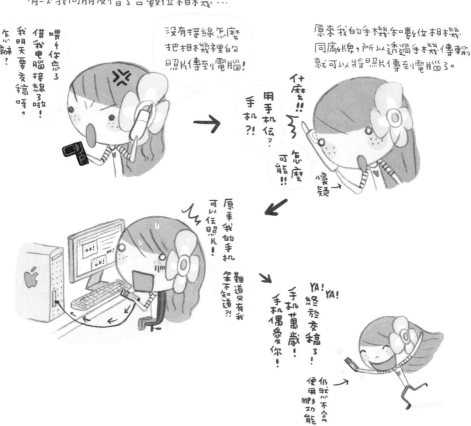

★第5回『性感與感性之間』

一切隨緣的小真常常聽不到自己手機在響。

今天要跟Y.VA約♥

叮叮叮♪

哦!啊你怎麼不打手機給我?
你到很久了

我打了十通へ⋯

⋯手机在响
还是没发现

KIT總是沈溺於網路世界
打手機根本找不到她本人。

講話你也關心一下真實世界的朋友吧!!
非要上msn才找得到人!!

嘻嘻!
有msn就好了,打什麼手机呀!
嘻嘻。

不漏接任何一通電話的東區敗男之女卻也很瞎⋯

今天真的是好姐妹的聚会嗎?

喂

講了快一個小時⋯

哈哈呵嗯好嘿♥

善待你的手機
也請更善待你的朋友

萬歲少女
心中的俳句
（完）

無法理解 4. 無法理解為什麼我的手機沒有響....

不善交際 我向來不大愛
參加社交活動的。

kk開幕Party
你會去嗎?

會呀

好友

確定有伴同行
才決定要去。

即便去了也不愛和陌生人打交道,
這就是所謂的孤僻吧。

自顧自
聊天的二位。

主動想來和我們攀談的陌生朋友…

……

Hi!

Hello!
我是kk的
朋友丁丁。

糟糕的我們卻無意表現出
熱絡的樣子。

是哦。
(冷)

哪可是還要
講多久…

嗯嗯
…(冷)

沒多久,對方只好識相地離開……

好難耶
的二位…

飄然走

繼續聊
自己的二位。

還好,我的好朋友和我一樣,不善交際
喜歡耍冷耍孤僻。

嘻
嘻!

真高興
你是我的
好朋友耶!

很伍迪艾倫風格
的經典電影
〈大家都説我愛你〉
看男生女生們在
愛情裡想的事。

女孩們大多都
愛甜點,但…
我例外……

喜歡鹹食→
的老人……

很多女生
心中的
夢幻食品。

最珍貴的礼物
就是好姊妹們
捎來的祝福卡片。

可愛又實用的小東西，
也是打動女生的好方法。

保平安的貼身小物，
不管是男生或女生收到
都會感到窩心呢。

某年生日礼物
收到一台NDS
掌上型遊戲樂器。

將外殼換裝成
歌德羅莉少女風。

關於 旅行想的事

旅行向來是我犒賞自己最豐盛的一個禮物。

旅行過許多國家，我並不特別偏愛有名的觀光景點，

反倒是巷弄裡的幾間特色小店比較能吸引我的興趣，

我也喜愛逛超級市場，因為這樣比較容易貼近當地人的生活。

旅行的理想狀態是：

有自己一個人間逛的空間，也會有和同伴在一起的時刻。

一個人比較有點冒險的驚喜感，而有同伴的時候可以一起分享快樂。

旅行其實也是一種心境上的逃脫，

即使是在大安森林公園的樹下吃蘋果，我的心情也可以很巴黎。

多年前有次在美國與當地人聊天…

因為他們講到外國人，
我只好說了言謊…

想塑造台灣人
的好形象~

事實上從小生長在寶島大高雄的我，
什麼東西沒吃過呀！哎…真是最糟糕！

長大後自己懂得做選擇，
蔬食主義也開始流行，
童年時期可怕的進補文化
也逐漸遠離我了…

 波特小姐
BEATRIX POTTER～

Lake District 是波特小姐中年之後的
生活及創作靈感發源地。

THE TALE OF
PETER RABBIT

BEATRIX POTTER

創作出的繪本
"彼得兔"至今已有
一百多年的歷史了。

波特小姐愛護自然生態的心,
湖區才保有了如此天然的美景。

在面對湖邊的椅子靜靜地坐下來,
感受著大自然,我感恩這一切。

 山寨版的
彼得兔

瞭解了波特小姐的創作之所以動人的原因，
　　　　　是她對萬物付出這無私的愛。

不只是美景，我更看見了波特小姐
　　　　不朽的美而心靈。

最後的浪漫

湖區 Lake District 是英國北邊的一個小鎮。

湖光山色與莊園圍繞,我們在這划著小船…

幻想自己如珍.奧斯汀筆下的感性女子…

偶然地,兩位英倫紳士

從我們旁邊划過說了声 Hi!

Hi!

Hello♥

立刻裝出了
少女的嬌羞…

整個很浪漫呢…

但兩個弱女子實在不勝苦力…
划了半天竟然還在岸邊…

最後的浪漫以筋疲力盡收場…

想起臭豆腐 到了蒙馬特寺，我們直奔
艾蜜莉的異想世界電影中的餐廳～

CAFÉ DES 2 MOULINS

餐廳的吧檯上小精靈靜靜站在那。

CAFÉ DES 2
MOULINS

L'AMOUR

店裡有好大
一幅奧黛莉朵杜
的簽名。

電影拍完後
我就沒再去
旅行了…

CAFÉ DES 2 MOULIN

amelie

● 我點了一份艾蜜莉特餐 Amelie special
期待好好大快朵頤一番。

*麥面包 (法國麥面包,可續盤。)

*湯一碗 (裡面有磨菇
之類的…)

看起來一
點都不
special…

*主菜 裡面有小番茄·生菜·生魚塊(沒幾塊)
P.S.：料好少，本來以為是附餐沙拉…

LA FABULEU
DESTIN
Amelie

餐後的拿鐵(要另外單點)也很驚人…
但也許是我點錯了吧….

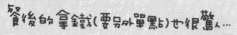

酸！

全是奶泡

只有½喝起來像是
很酸的濃縮咖啡。

好餓我
哦…

一個小時之後，肚子就已經餓了…

咕嚕

好想吃臭豆腐和
麥面線哦我…還是台灣好…

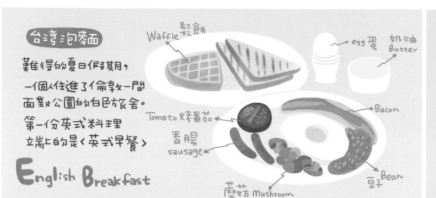

台灣泡麥面

難得的夏日假期，
一個人住進了倫敦一間
面對公園的白色旅舍。
第一份英式料理
立端上的是〈英式早餐〉

English Breakfast

Waffle 鬆餅
egg 蛋
奶油 Butter
Tomato 烤番茄
Bacon
香腸 sausage
磨菇 Mushroom
豆子 Bean

這是我的第一次英倫旅程，
不免俗地也嚐了國民美食〈炸魚薯條〉。

British Foods

Fish & Chips

用鱈魚裹粉炸
得酥脆，上面可
撒上鹽巴與淋
上英式黑醋。
還不賴！

裝氣質和姐妹們來場英式下午茶，
是這次旅程最美麗做作的一個回憶。

Forthum & Mason

連大文豪狄更斯都
愛的這間英國茶舖。

Tips：三層點心盤要從
最下層吃起。

其餘我在英國時的餐點多半來自於超市。

British Supermarket　　　　　　**Sandwich**

約2£

有點像墨西哥捲食，裡面夾些生菜雞肉等。

約1.5～3.5£

英國超市充滿著各式各樣的三明治。

大嬸♥超市

Pasta　約2.5～3£

這種冰冷的義大利麵，吃起來不大習慣

義式三明治 Banini 很長一條裡面夾牛肉及生菜。

約3.5～4.5£

Panini

消夜呢，則來上一碗台灣的泡麵。
山珍海味比不上家鄉味。

天呀！這真是全英國最好吃的東西了～！

淚

翹腳

立刻變台妹

111

屍體小店 Marché aux Puces St-Ouen

巴黎的 Puces St-Ouen 的古董市集有許多迷人的裝飾小物。

陶瓷做的
仕女擺飾
很有味道。

一間古怪的古董娃娃屍體小店，
經營者是一位美而親切的女生。

Bonjour ♥

頭兒們

手兒們

眼珠子們

腿兒們

巴黎我愛你 Puces St-Ouen 市集的巴黎人。
販賣法國古老海報的路邊小販正在對我微笑。

Paris Le Marché

穿戴著復古典雅的這對男女像是從
十九世紀來的貴族。

真想問...
你們的
馬車停在
哪??

古董珠珠包

市集巷子裡的酒吧傳來了法國香頌。
一位資深女伶悠悠地唱著〈La Vie en Rose〉。

還是老歌手
唱來有味~

哇♥
香頌

是資深
女伶！

在餐廳前擁吻的情侶
正在上演著巴黎我愛你。

羞

不敢看…

但一直
偷拍…

藝術行情人

生活在藝術裡

藝術在哪裡？

在蒙娜麗莎的一抹微笑裡？

在奧塞美術館裡？

還是在前衛的龐畢度中心裡？

ART....

LOUVRE

Pompidou

Musée d'Orsay

藝術在我的生活裡。

想貪尚在梵谷藍色星空下

盼成為雷諾瓦筆下的蘋果肌少女

要當天才畢卡索的好朋友
而不是他的情人，

忌妒巴黎人的生活在藝術裡。

明明就有警告不淮使用閃光火登的標語，
但總是有人"閃"個不停…

呀阿…
不要再
閃了啦！

藝術…請大家從自己做起。

Viva 衷心的呼籲。

左岸

在巴黎左岸
喝杯咖啡，
這才不枉
法國之行。

假裝在
思考些
什麼吧…

LES DEUX MAGOTS
雙叟咖啡食官

這裡是當年畢卡索、海明威、
沙特等文人們的聚集之地。

我思考，所以我創作。

118

巴黎街邊隨意買來的
點心們絕對都好吃。

C'est bon!

色彩絲賓紛
的Macaron，
滋味讓人
驚豔。

蘋果派 Tarte Fine aux Pommes

可頌 Croissant

眾多點心中，
可頌是我的最愛。

下面是西安，表面滿覆著
蘋果切片，咬下一口就知道
幸福離我不遠了。

外表不起眼的卡娜蕾，
充滿著焦糖與奶油的香氣。

卡娜蕾 Canelé

馬卡龍
Macaron

Très bien

一向對甜食沒輒的我，
得要配著茶水才能品嚐。

法式可麗餅

Crêpe

各邊常見的可麗餅，
說根是我在巴黎最
划算的一餐了。

老人都
這樣嗎？

2009夏天最讓英國人期待的，莫過於布勒樂團的復出演唱會。
Viva有幸參與了這盛會，真是讓本少女足足又年輕了十歲吶～

Ya!♥

外表安靜
骨子裡可是
ROCK魂!!

一開場就以*Girls & Boys*的海量羽全場，Damon Albam儘管年近四十，
仍輕易地迷醉全場，齊聲放縱歡唱，
當中還見到許多英國大叔們頂著禿髮與啤酒肚在忘情嘶吼。

Blur不愧是英國人民心中的天團。

散場時人群塞成了一團，這時，大家開始唱起了 "PARK LIFE"。

All the people .. ♫

So many people ... ♪

直到地金戴車廂裡，大家合唱著 "Tender" 像是為自己加場的安可曲。

Come on. Come on. Come on. Get through it. Come on. Come on. Come on. Love is greatest thing....

UNDERGROUND

今晚，是最貼近英國的一晚。

blur HYDE PARK LONDON

Viva照片小記

一定要到
當地的市場，
買些好吃的
水果。

偷拍路邊的
小情侶⋯⋯

在巴黎超市買食材自己做的
青醬Pasta，雖然陽春卻好吃，
還可以省錢呢。

一個人的旅程裡每到用餐時間，
學學英國人躺在草坪上，
吃個三明治，小憩一下…

我也喜歡在老舊市集
裡的小店尋寶！

書店是我絕對
不會錯過的，
翻翻書或買張
明信片都很
讓人滿足！

Viva後記：

經空過了許多日子的累積，這本《原來我不孤單》終於出版了！

距離我的上一本圖文書《萬歲少女萬萬歲》已經有七年之久了，

這些年間我仍然很努力地創作及生活著，

嘗試式合作過許多大大小小的企劃案，也玩過幾次跨界合作，

辦了些個展及耳絡展等（就是忘了出版新作品）⋯⋯

生活總是忙碌卻從不曾感到厭倦，我想我是真的喜歡畫圖吧。(笑)

一直覺得自己很幸運，可以用我唯一擅長的事當作我的工作及夢想，

而且還深受大家的喜愛，這真的是我沒有預想到的事，

對於從小就沒有雄心壯志的我來說（小時候只夢想過當水果攤的

老闆娘或是嫁給劉文正），這真的是一個天上掉下來的禮物，

所以我很珍惜。

不像有些創作者過著日夜顛倒的隨性生活，

我的作息十分正常，生活規律簡單，

交稿一向準時，並且從不搞消失，

外表則看起來十分正常，一點也不委靡或精神渙散，

心也善良溫柔賢淑美麗大方（這部份是我自己幻想的），

好的，我要說的是，創作者沒必要把自己搞得麼爛蔽頹廢，

也有像我這種面向陽光的。

總而言之，對於要靠這樣又都沒出版個人新書的我，
想要表達深深的感謝，感謝大田出版社編輯們的耐心，
這些年來從不放棄與我洽談新書發想（讓我白吃白喝了七年），
感謝讀者長久以來的支持，但請不要跟我說什麼從小就是
看我的書長大的這種話（我也是會介意的嘛），
感謝自由時報生活版這一年多連載了〈Viva La Vida〉專欄，
還有無數個促成這本書出版的眾多因緣，以及，
願意看這本書到最後的你，我深深地感謝你們，
我會繼續用創作來帶給大家快樂，
期望讓這世界更溫暖更多愛。（我希望啦！）

See U.
Bye～

喵～

萬歲少女 Viva
2010年10月.

視覺系028
原來我不孤單
萬歲少女◎圖文

出版者：大田出版有限公司
台北市106羅斯福路二段95號4樓之3
E-mail：titan3@ms22.hinet.net　　http://www.titan3.com.tw
編輯部專線：（02）23696315　　傳真：（02）23691275
【如果您對本書或本出版公司有任何意見，歡迎來電】

行政院新聞局版台業字第397號
法律顧問：甘龍強律師

總編輯：莊培園
主編：蔡鳳儀　　　　編輯：蔡曉玲
企劃行銷：黃冠寧　　網路行銷：陳詩韻
校對：陳佩伶/蘇淑惠
承製：知己圖書股份有限公司　　電話：(04)23581803
初版：二〇一〇年（民99）十月三十日　　定價：250元
總經銷：知己圖書股份有限公司　　郵政劃撥：15060393
（台北公司）台北市106羅斯福路二段95號4樓之3
電話：（02）23672044/23672047　　傳真：（02）23635741
（台中公司）台中市407工業30路1號
電話：（04）23595819　　傳真：（04）23595493
國際書碼：978-986-179-188-3　CIP：855/99015814

閱讀是享樂的原貌，閱讀是隨時隨地可以展開的精神冒險。

因為你發現了這本書，所以你閱讀了。我們相信你，肯定有許多想法、感受！

讀 者 回 函

你可能是各種年齡、各種職業、各種學校、各種收入的代表，
這些社會身分雖然不重要，但是，我們希望在下一本書中也能找到你。

名字 / _____ 性別 / □女 □男　出生 / ____ 年 ____ 月 ____ 日

教育程度 / _____

職業：□ 學生　　　　□ 教師　　　　□ 內勤職員　　□ 家庭主婦
　　　□ SOHO族　　□ 企業主管　　□ 服務業　　　□ 製造業
　　　□ 醫藥護理　　□ 軍警　　　　□ 資訊業　　　□ 銷售業務
　　　□ 其他 _____

E-mail/ _____ 電話/ _____

聯絡地址： _____

你如何發現這本書的？　　　　　　　　　書名：原來我不孤單

□書店閒逛時 _____ 書店 □不小心在網路書站看到（哪一家網路書店？）
□朋友的男朋友（女朋友）灑狗血推薦 □大田電子報或網站
□部落格版主推薦 _____
□其他各種可能 ，是編輯沒想到的 _____

你或許常常愛上新的咖啡廣告、新的偶像明星、新的衣服、新的香水……
但是，你怎麼愛上一本新書的？

□我覺得還滿便宜的啦！ □我被內容感動 □我對本書作者的作品有蒐集癖
□我最喜歡有贈品的書 □老實講「貴出版社」的整體包裝還滿合我意的 □以上皆非
□可能還有其他說法，請告訴我們你的說法

你一定有不同凡響的閱讀嗜好，請告訴我們：

□ 哲學　　　□ 心理學　　□ 宗教　　　□ 自然生態　□ 流行趨勢　□ 醫療保健
□ 財經企管　□ 史地　　　□ 傳記　　　□ 文學　　　□ 散文　　　□ 原住民
□ 小說　　　□ 親子叢書　□ 休閒旅遊 □ 其他 _____

請說出對本書的其他意見：

大田出版有限公司編輯部 感謝您！

廣　告　回　郵
北區郵政管理局登
記證北台字1764號
免　貼　郵　票

To： **大田出版有限公司　編輯部收**

　　地址：台北市 106 羅斯福路二段 95 號 4 樓之 3

　　電話：（02）23696315-6　傳真：（02）23691275

　　E-mail：titan3@ms22.hinet.net

寄回讀者回函　參加抽獎

獨家限量萬歲少女《原來我不孤單》明信片帶回家~~

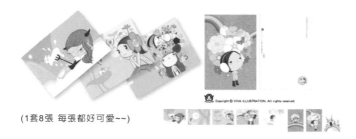

Copyright © VIVA ILLUSTRATION. All rights reserved.

(1套8張 每張都好可愛~~)

活動日期：即日起至2010年12月30日止

得獎名單公布：2011年1月10日

大田出版官方網站 http://www.titan3.com.tw/

編輯病部落格 http://titan3.pixnet.net/blog